キャット&レディ

伝 一
DEN HAJIME
でん・はじめ

文芸社

（一）

「可愛いっ」

深夜、スナックの仕事帰りの恵は、車から下りると、物陰に蹲る真っ白な子猫を見つけそっと近寄る。向かい合うように腰を折ると、猫も気付いたらしく小さな目で見つめ返すが、動こうとしない。よく見ると、小刻みに体を震わせ、じっと寒さに耐えているようだ。

こんな寒い夜に捨て猫らしい。恵はいたたまれなくなり、背中を優しく撫でると骨張った感触が手に伝わる。このままにはしておけない。恵は子猫を抱き上げ、目の前のワンルームマンションへ小走りで駆け込み、ベッドの上の毛布にそっとくるむ。そして、すぐにエアコンのスイッチを入れ部屋が暖まると、コートを脱ぎ捨てキッチンに立つ。何かを食べさせなければと、冷蔵庫から牛乳とみそ汁のダシに使うパックに入った鰹の削り節を取り出す。牛乳を小皿に少し流し、削り節も他の小皿に入れて食卓に使う目の前の小さなテーブルの上に並べる。支度が出来ると、恵は毛布の中の子猫を抱き上げ小皿の前に下ろす。

「お腹が空いているんでしょ」

恵はそう言いながら、小皿を口元に寄せるが飲もうとしない。しばらく様子を見ていると、やっと小さな舌を出し少しだけ牛乳を口にしたものの、削り節には全く見向きもしない。

「食べないと、だめでしょう」

恵が心配そうにのぞき込むと、気持ちが通じたのか情けなさそうに見つめ返す。その小さなあどけない目に、なぜか恵は涙が込み上げてきた。捨て猫への同情もあるが、境遇が自分と似ているような気がしたからだ。

二年前、彼女は身も心もぼろぼろになり甲府から横浜へ出て来た。

高校を卒業すると、すぐに家業の電器店で事務として働いていた恵は、すでに嫁いでいる姉と二人姉妹であった。父親は電気工事の仕事も請け負い一時はかなり羽振りもよく、四、五人の従業員を抱えていたほどだ。責任感があり優しく面倒みも良く、仕事仲間の相談にのることはたびたびであった。

ところが、景気が悪くなり元請けからの入金が大幅に遅れるようになったのである。それでも、仕事があるうちは自宅兼店を担保に銀行からの借入金で運転資金をまかなっていた。それが二年前、数百億円の負債を残し元請けの建設会社が倒産したのである。孫請けのような小さなところはひとたまりもない。

事務をしていた恵には、あの時の父の青ざめた顔を忘れる事は出来ない。溜まっていた請負代金の五千万円近い金額が売り掛けのまま回収不能になってしまったからだ。従業員の給料や購入資材の支払いに追われ、瞬く間に借金の山が出来、その返済に恵は父と一緒に銀行をあちこち駆け回った。だが、もはや担保にするものもない小さな店に金を貸してくれるところはなかった。店が潰れたのはそれから間もなくである。仕事仲間や従業員が手のひらを返したように冷たくなり、彼等の目を逃れるように狭いアパートへ引っ越した。

優しかった父が人が変わったように酒浸りになり、母に当たり散らす事もたびたびで時には暴力を振るう事さえあった。我慢をしていた母が、耐え兼ねて家を出た。店の倒産で、家庭が壊れてしまったのだ。事務をしながらその一部始終を見てきた恵は、金が全てでそこには人間の情けが入る余地さえない事を知り衝撃を受けた。

恵は全てを壊した金も恨んだが、同時にそのために、憎しみ合った人間も信じられなくなった。父や母、銀行も仕事仲間や従業員もだ。いや、目に映る全てが疎ましくなってしまった。気持ちがすさみ、誰にも会いたくなかったしアパートに居るのもつらかった。

そして数カ月後、逃げるように横浜へ出て来たのだ。二年経った今も人間不信は変わらないし、目に映る全てが疎ましく見えるのも同じだ。知人の紹介でスナックでホステスとして働いているものの、決して彼女は自分の心を開くような事はなかった。

そんな自分が捨て猫を拾い餌を与えているなんて妙であったが、どこか通じるものがあるような気がするのをほうっておけなかった。恵は、牛乳を少し口にしただけの子猫を再び毛布にくるみ、簡単な食事を済ませると風呂で体を温め部屋へ戻る。そして、黄色のトレーナーに着替え明かりを消し窓のカーテンを開くと、子猫を抱きベッドに腰掛け夜景に目をやる。高台にあるこのマンションからの眺めは素晴らしく、高層ビルの向こうに横浜港が一望でき、ベイブリッジを走る車のライトがイルミネーションのように美しい。じいっと眺めていると、なぜか神秘的で自分を包みこんでくれるような思いがしホッとする。目に映る全てが疎ましく見える恵にとって、この夜景だけは別であった。

彼女は夜景に目をやりながら、腕の中の子猫が自分にとって最も気が許せる身内になるのではと、ふとそんな予感がした。

「私が育てる」

恵は、子猫の背中に頬を寄せ呟いた。

（二）

恵は、子猫に『チェリー』と名付ける。

数日後の朝、目を覚ました彼女は、部屋の片隅で丸くなるチェリーに声をかけるが全く反応がない。昨日までは、名前を呼ぶとすぐに振り向いてくれたのである。

恵は跳び起きると、そばへ駆け寄り顔をのぞきこむ。チェリーはぐったりし、それに目ヤニもひどい。食がほそく心配をしていたが、かなり具合が悪そうだ。恵はたまらずチェリーを抱き上げたものの、猫の病気の知識などなく、おろおろするばかりであった。

獣医に診てもらわなければと気がついたのはしばらくしてからで、やっと電話帳でマンションの近くに一軒見つける。ジーンズに着替えジャンパーをひっかけると、チェリーを両腕で包むように抱き急ぎ足で病院へ向かった。途中今にも泣き出しそうな思いで、何度もチェリーに目をやる。

病院へ着くと、受付の窓口に駆け込む。

「お願いしますっ」

息を弾ませながら夢中で声をかけると、若い女の事務員が顔を出し名前とチェリーの具合を聞き、すぐに引っ込んでしまった。

待合室には人影も無く不安になるが、間もなく診察室に呼ばれる。中へ入ると、獣医の指示に従いチェリーを診察台の上に下ろす。

四十代半ば過ぎであろう獣医は、チェリーの腹の辺りを何度も手で触れながら症状を聞く。

恵は、捨て猫であり数日前に飼い始め食がほそかった事などを詳しく話した。頷きながら診察していた獣医は、しばらくすると手を止めぽつりと言った。

「育てるのは、難しいかもしれないな」

「それは、どういう事なんですか？」

恵は、はっとして聞き返す。

「助からないかもしれないんです」

「助からない！」

恵は、驚いたように獣医を見つめる。

獣医は無言のまま頷いた。

「どうして、助からないんですか?」

恵は問い詰める。

「生後一ト月もたってないし……」

獣医は、言葉を濁す。

「そんなっ!」

恵は、思わず口走ってしまった。チェリーが助からないなんて、信じたくなかったからだ。

獣医に対し不信が募った。

恵はいたたまれなくなり、ぐったりしたままのチェリーをいきなり抱き上げると診察室をとび出した。チェリーを助けてもらえなければ用はなかった。

恵のチェリーを助けたい思いは募る。

マンションへ戻り、今のスナックを紹介してくれた唯一の友人に、神にすがるような思いで電話をすると、彼女は犬を飼っている知人がいるから聞いてあげると言って電話を切った。そして、数分後折り返し電話をしてくると中山の方に信頼出来る獣医がいると場所を詳しく教えてくれた。

恵は、すぐに車で向かった。二十分程で病院へ着く。建物は先程の所より小さいが、待合室には専用のキャリンバッグを脇に二人の中年女性がいる。

恵はチェリーを抱いたまま、長椅子の片隅に腰掛ける。

しばらくすると呼ばれ、診察室へ入る。やはり、四十過ぎであろう獣医が椅子に腰掛け問診を始める。

恵はチェリーを抱いたまま症状を詳しく話したが、ここへ来る前獣医に診せた事は一切口にしなかった。助からないと言われるのが怖かったからだ。

問診が終わると獣医はチェリーを手に、撫でるように身体の状態を診始めた。

何とか助けて下さい。恵は、そんな願いを込めて見つめる。

しばらくすると、獣医はチェリーを診る手を止め厳しい表情で言った。

「体力が弱っていますね。それに生後間もないし栄養も不足していますね。体温調節もうまくとれてないようだし」

「助かりますか？」

恵が、間髪を入れずに聞く。

「大丈夫です」

少し間をおき、獣医は頷く。

「本当ですか？」

恵は念を押す。

「勿論です」

獣医の口調は自信に満ちており、その言葉に恵の胸が熱くなる。

チェリーが助かる。そう思うと、恵は込み上げてくる涙を抑える事が出来なかった。

「ありがとうございます」

恵は、ほっとして頭を下げた。

診察が終わると、獣医は子猫の育て方を教えてくれ猫用の哺乳瓶、粉ミルク、それにシロップのような飲み薬を与えてくれた。

（三）

チェリーに猫用の粉ミルクを哺乳瓶で飲ませキャットフードを軟らかくして与えると、少しずつだが口にしてくれる。

しかし、薬を飲ませるのが大変だ。チェリーを片腕で抱え、シロップのような薬をスプーンで口のよこから差し込むように飲ませる。まるで、赤ん坊を育てるように手が掛かるが、薬を飲ませると二、三日で元気になってくれ、ほっとした。


二月に入り寒さが一段と厳しくなると、このところの不景気もあり客の入りはさっぱりでひどい時には誰も来ない日もある。こんな事は、ここで仕事をするようになって覚えがない。

だが、今夜は金曜だ。一週間でこの夜だけは常連客で賑わう。

恵は六時過ぎにマンションを出る。店に行く時は暖房を低めにかけ、キャットフードを小皿に入れておく。猫は一度に食べてしまわず、何回かに分けて口にする習性があるからだ。

車で三十分程で店に着くと、五十代半ば過ぎのママがカウンターの中で忙しなく支度にとりかかっている。

「おはようございます」

恵は、ドアを開け声をかける。

「おはよう」

ママが、ぶっきらぼうに返す。

薄暗い店の中は、有線の音楽が流れているだけで客はいない。

恵は洗面所の鏡の前に立つと、バッグから化粧品を取り出し違う自分に変身する。これも、仕事のためと割り切る。目鼻立ちのすっきりした恵は、口紅を薄くつけるだけで色香が漂う。

八時を過ぎる頃になると五、六人の常連客でカウンターが埋まる。四、五十代の中年の男達ばかりだ。仕事で疲れた彼等は、週末にこの店で歌を唄い溜まったストレスを発散させるのだ。同年代のママは彼等の話し相手で、恵はマスコットのような存在であった。

金曜日の夜この店に集まる彼等は、恵の事を『フライデーの女』と呼ぶようになった。恵も自分の立場を心得、それで彼等が喜んでくれるならと割り切っていた。

「山口さん、そろそろ歌は？」

ママが、最も年配の客に言う。

「ようし、やるかっ」

山口は頷くと、マイクを手にステージに上がり、得意な演歌の曲を身振りいっぱいに唄いだす。カラオケ歴が十年近くあるという彼の唄は、情感がこもり胸にじんとくる。

「ようっ、日本一っ」

カウンターから声がとぶと、彼は唄いながら手を上げ応える。そして、唄い終わると満足げに席へ戻る。

「今度は森川さんね」

山口が唄い終わると、ママは隣の森川を指名する。カラオケは流れがあり、それが途切れると次が出てこない。ママは盛り上がった雰囲気を壊さないように気を配る。

森川は、言われるままに新しく出たばかりの曲を選ぶ。彼は新曲が出ると、他の誰よりも早く唄うのを自慢にしており常連から『新曲の森ちゃん』と呼ばれている程だ。彼はマイクを手に、男女の悲恋の歌を無表情に淡々と唄う。

山口の唄い方とは対照的である。もっとも、メロディーを正しく唄っているのか間違っているのか、新曲だけに誰にも判らない。そして、彼も唄い終わると満足げに席へ戻る。

「村田さんの番よ」

焼きうどんを食べ終わるのを見計らって、恵がカラオケの本を渡す。

彼は横浜港で遊覧船を運航している、船会社の部長である。彼はブルース調の歌を選曲し、マイクを握るとステージに立ち唄いだす。決して上手ではないが、そんな事はどうでもよく、唄って少しでもストレスが解消すればそれで納得する。それはお互い様で、誰も他人の歌など聴いていない。

村田が唄い終わると、恵が山口とデュエットをする。気分が高揚しているのか、彼が唄いながら視線を合わせてくると恵は意識的に微笑む。それは、彼等のマスコット的存在である事を自覚している彼女なりのテクニックだ。恵が微笑むと、山口も満足そうに頷く。

「ようっ！」

カウンターから声が飛ぶ。暇なこの時期、これ程盛り上がるのは珍しく、恵も唄いながらほっとする。

デュエットが終わると、彼等の話の相槌を打ちながらグラスに目を配り、空になりそうなところにウイスキーを注ぎ氷を入れる。客を楽しませながら商売をさせてもらう。それは、この店に入って恵が一番初めに教えてもらった事だ。

閉店間際の十二時近くになり、やっと彼等も店を出る。誰もいなくなると、ママは一息つくように言った。

「お疲れさん。仕舞うよ」

恵はその言葉にママの機嫌の良さを感じた。決して悪気はないがいつもは、「仕舞うよ」

その一言だけだからである。

「恵ちゃんは、美人で愛想も良いからお客が喜んでくれ助かるわ」

ママが片付けながら続けた。

「少しでも、お店のためになれば……」
恵は、あまり褒められ気持ちが悪かったが、つい殊勝な言葉を返してしまった。
他人に対して不信感の塊であるが、他人を喜ばせる事など易しいものであった。
そのために二重人格者と思われても、一向に差し支えない。
後片付けが終わり店を閉め、ママを車で送ると、恵はやっと一人になりほっとする。
そんな彼女の脳裏に、ふとチェリーの事が浮かぶ。

(四)

寒さだけが身に染み、常連客が集まる金曜以外は客足はさっぱりで、店の中も自然重苦しくなる。そのためか、深夜仕事から戻りチェリーが甘えるように寄ってくるとほっとする。一度は助からないかもしれないと思っただけに、やはりたまらなくいとおしい。

恵はいつもの通り風呂で温まった後、簡単な食事を済ませると、チェリーを膝の上にのせベッドから夜景を眺める。窓越しにぼんやり外を見つめていると、膝の上のチェリーがなく。

恵は、何気なくチェリーに視線をやる。すると、薄暗い部屋の中で、その両眼が異様に光って見えた。

どうしたのだろう。

不思議な光景に、なおもじっと見つめているとなぜか肩の力が抜け夢心地の気分になる。

「ニャオー」

また、チェリーが鳴く。しかも、その鳴き声が、

「お友達いないの？」

恵には、そう聞こえた。猫が喋るなんてと、自分の耳を疑ったものの、更にチェリーが鳴き続けた。

「お友達は？」

今度は、はっきりと聞こえた。

「お友達？」

恵は言葉を返したが、不思議と相手が猫である事に違和感を覚えなかった。

「そう。いつも真っすぐ帰ってくるけど……」

「誰もいないわ」

「欲しくないの？」

「欲しくない」

「好きな人は？」

「いないわ」

「どうして？」

「誰も信じられないの」

不信感の塊みたいな自分に好きな人が出来る訳がないと、恵は思った。

「淋しくない？」

「淋しくないわ」

恵は頷くと、チェリーの背中に頬を寄せ呟くように続けた。

「チェリーだけでいい」

それは本音であり、チェリーと夜景を眺めている時が最も楽しく幸せを感じていた。チェリーも恵の言葉に納得したのか腕の中で静かになった。それにしても、まるで夢を見ているような不思議なひとときであった。

だがこの夜以来、恵とチェリーの妙な対話が始まった。

（五）

「寒いなあっ」

黒のオーバーに黒の襟巻きをした若い男が、身をすぼめるように店に入ってきた。

「いらっしゃい」

カウンターの丸椅子に腰掛け、ママと話をしていた恵は振り向き、立ち上がる。

男は中野弘と言い、大手の家電会社へ勤める営業マンで月に二、三度店に顔を見せる。いつもはカウンターの彼が、珍しくボックス席に腰掛ける。

「あら、今日はそっちに座るの？」

ママがカウンターの中から声をかける。

「たまには……」

中野は、曖昧に言葉を返す。

「恵ちゃん、中野さんを頼むわ」

ママは恵に指図する。

恵は言われるまま、ボトルとつまみを用意すると中野の席に着き水割りを作る。

中野は余程ストレスが溜まっているとみえ、水割りをグイッと口にすると二曲程たて続けに唄った。彼が唄っている間、中年の客が三人カウンターに着いたが、恵はそのまま中野の相手を続ける。

しばらくたわいもない話をしていると、急に中野が真顔になり言った。

「恵ちゃん、僕と付き合ってもらいたい」

「……！」

唐突な言葉に、恵は返事に戸惑う。

こんな仕事をしていると、客から同じように言われる事がある。もっとも、冗談に言う客もいる。客に惚れるな、惚れさせろ。それは、ママが教えてくれたのだが、恵もその通りだと思った。

だが、中野の目は本気だ。

「前から、恵ちゃんが好きだった」

声は小さいが、口調は真剣である。

しかし、恵は好きと言われても中野に特別な感情を抱いていないしその気は全くない。

しばらくして、恵はぽつりと口を開いた。

「中野さんの気持ち、とてもうれしいわ。でも……」

彼女は口を濁した。

中野を傷つけたくないし、そうでも言ってこの場をおさめるしかなかったからだ。

「恵ちゃん」

中野は顔をのぞき込むが、恵は言葉を返さない。

けじめはつけなければならない。

「仕方がない。恵ちゃんがその気になるまで待つよ」

中野はグラスを手にしたまま言ったが、その口調には恵に対する未練が窺われる。恐らく、まだ言い足りない筈だが他の客に遠慮したのだろう。中野がそれから間もなく店をでると、恵はほっとした。

恐縮ですが
切手を貼っ
てお出しく
ださい

112-0004

東京都文京区
後楽2―23―12

(株) 文芸社

ご愛読者カード係行

書　名			
お買上 書店名	都道府県　市区郡　書店		
ふりがな お名前		明治 大正 昭和　年生　歳	
ふりがな ご住所	□□□-□□□□	性別 男・女	
お電話 番　号	(ブックサービスの際、必要)	ご職業	

お買い求めの動機
1. 書店店頭で見て　2. 当社の目録を見て　3. 人にすすめられて
4. 新聞広告、雑誌記事、書評を見て(新聞、雑誌名　)

上の質問に1.と答えられた方の直接的な動機
1. タイトルにひかれた　2. 著者　3. 目次　4. カバーデザイン　5. 帯　6. その他

ご講読新聞　新聞	ご講読雑誌

文芸社の本をお買い求めいただきありがとうございます。
この愛読者カードは今後の小社出版の企画およびイベント等の資料として役立たせていただきます。

本書についてのご意見、ご感想をお聞かせ下さい。
① 内容について

② カバー、タイトル、編集について

今後、出版する上でとりあげてほしいテーマを挙げて下さい。

最近読んでおもしろかった本をお聞かせ下さい。

お客様の研究成果やお考えを出版してみたいというお気持ちはありますか。
ある　　ない　　内容・テーマ（　　　　　　　　　　）

「ある」場合、弊社の担当者から出版のご案内が必要ですか。
希望する　　希望しない

ご協力ありがとうございました。

〈ブックサービスのご案内〉
当社では、書籍の直接販売を料金着払いの宅急便サービスにて承っております。ご購入希望がございましたら下の欄に書名と冊数をお書きの上ご返送下さい。（送料１回380円）

ご注文書名	冊数	ご注文書名	冊数
	冊		冊
	冊		冊

（六）

　恵はカウンターの丸椅子へ腰掛け、いつものようにママと話をしながら客を待つ。

「今晩は」

「いらっしゃい」

　八時過ぎ、男の声に、恵は反射的に立ち上がりドアの方を振り返る。

「カラオケを唄いたいんですけど」

　紺色のジャンパーに肩からカバンを下げ、白い杖を手にした若い男が乾いた声で遠慮気味に言った。

「どうぞ」

　いつも店に来る客とは雰囲気が違うので、恵は違和感を覚えたが優しく声をかけ、男の手をとりボックス席へ案内した。

　男は椅子へ腰を下ろすと、カバンと杖を横に置きビールを注文する。

「恵って言うの。お客さんのお名前は？」

恵はつまみを用意しグラスを渡すと、ビールを注ぎながら聞いた。

「川村です」

「川村さん?」

「そうです」

「宜しくお願いします」

恵は、手にしていたビール瓶をテーブルの上に置くと丁寧に頭を下げた。

「川村さん、歌が好きなんですか?」

恵は、初対面の客には決まって聞く。この店に来るのは、多分歌が好きだから会話に入りやすいからだ。

「大好きです」

彼はビールを美味そうに口にすると頷く。

だったら、たくさん唄ってもらいたい。恵はそう思ったものの、目が不自由でありあまり勧めるのも控えた。川村に負担をかけたら失礼になるからだ。

中年の客が数人入ってきて、そのままカウンターに着く。

「どんな歌が好きなんですか」

恵は、言葉に慎重になる。

「ヨコハマロードです」

彼は、表情を崩すと言った。

「えっ、ヨコハマロード？」

「はい」

「素敵っ！」

恵は、思わず手を叩いた。この曲は、ポップス調で横浜の港を描いたもので、彼女も大好きであった。

「川村さん、聴かせてください」

恵は、ビールを注ぎながら勧める。

「自信がありません」

川村は、照れ臭そうに言う。

「でも、私聴きたいわ。このお店に来て頂いたんだから、宜しかったら……」

それでも恵は、控えめに言った。常連客なら無理に唄ってもらうが、川村には気の毒だ。

「でしたら、ビールで少し喉を潤してからでも」

恵が冗談気味に言うと、川村も気分が和らいだとみえグラスで二、三杯あおるように飲む。

そして、しばらくすると立ち上がり言った。

「それでは、唄わせてもらいます」

「えっ、大丈夫ですか？」

恵の方が驚いてしまったが、川村は頷いた。

その言葉に、恵は心配であったが彼の手をとりステージまで誘導しマイクを渡すと、片隅で不安げに見守る。

「大丈夫です」

前奏が流れ、恵の心臓の鼓動が早くなる。

川村が唄い出す。甘く低い声で港の様子を切々と唄う。

そのうた声に恵の不安は吹き飛び、全身に電流が走るような衝撃を受けた。彼女の視線は、川村に釘付けになる。カウンターのママと中年客もお喋りを止め唄に聴き入る。

やがて、川村が唄い終わると店の中は一瞬水を打ったように静まり返り、次の瞬間カウターから大きな拍手がおきた。

「素敵っ」

川村の手を取りテーブルへ戻る恵の口調も興奮していた。恵は、妙に満たされた気分になれた。店でこんな気持ちになったのは初めてだ。

川村は二時間程で店を出たが、その夜マンションへ戻った恵の脳裏に、彼の唄う姿が焼き付いて離れなかった。

風呂から上がると、恵はチェリーを抱き弾む気持ちを抑えるようにベッドに腰掛ける。いつものように、窓越しに目をやり夜景を眺めているとチェリーが鳴く。

「恋をしたのよ」

「恋?」

恵は、ドキリとしてチェリーを見つめる。

「あなたは、優しくて魅力的よ」

「でも……」

恵は、返事に戸惑う。恋など無縁だと思っていたからだ。だが、満たされた気持ちに弾むような思い。こんな事は初めてだ。

「恋ってそんなものよ」

「……」

恵は、無言だ。でも、これが恋だとしたら。恵は、とっさに川村を思い浮かべ全身が熱くなった。

「好きなのよ」

チェリーの言葉は簡潔だ。

そう言えば、中野にプロポーズされても何も感じなかった自分が川村を思い浮かべて体中が熱くなってしまったのは確かだ。本当に恋をしてしまったのかしら。恵も、ふとそう思った。

「自信を持って恋をしたら」

チェリーが促すように鳴くと、恵は黙って頷いた。

（七）

恵は、川村の事が妙に気になった。なぜなのか恵にも判らなかったが、心のどこかに今までになかった何かが芽生えているのを感じていた。

数日後、恵は店に早出すると、一人で流し台や調理道具をせっせと磨いた。それは、彼女の癖で月に一度の割りで突然身の回りの全てを構わず磨き始めるのである。ジーパンのまま一時間近く動き回った後、接客用のドレスに着替えカウンターで一休みする。

間もなくママが出勤し、カウンターの中に入り手際よく支度を始める。

「川村さんって、唄はうまいし素敵ね」

包丁を動かしながらママが言うと、恵はその言葉にドキリとした。やはり、ママも川村の唄が印象に残っていたのだろう。

しばし、川村の話で時間をつぶしているとドアが開き、黒のオーバーを着た中野が入ってきた。恵がオーバーを背中ごしに脱がせると、中野はカウンターの椅子へ腰掛ける。数日前、恵との交際を口にしたばかりだ。

彼はママが作った水割りを飲みながら、当たり前の世間話に終始しその事については一切口に出さなかった。恵を意識しているのか、飲み方は以前より紳士的だ。それは恵にとっては有り難かったし、彼女もそのような話は意識的に避けていた。水割りを二、三杯飲むと、中野はポップス系の静かな曲を語りかけるように唄った。

「中野さん、元気がないんじゃない?」

事情を知らないママが、心配そうに声をかけるが、彼は照れ臭そうに無言だ。

「恵ちゃんとデュエットでもしたら?」

「中野さん、どうかしら?」

ママが元気づけるように言うと、恵も相槌を打つように誘いをかけた。

「恵ちゃんとデュエット?」

中野の表情が崩れた。

その時、ドアが開き白い杖を手にカバンを下げた川村が入ってきた。その姿に、恵の心臓の鼓動が早くなった。

「いらっしゃい」

彼女は声をかけ、中野に軽く会釈すると川村の方へ走り寄り、彼の手をとりボックス席へ案内した。

「三日前だったかしら?」

恵は高ぶる気持ちを抑えるように、腰を下ろす川村に言う。

「はい、唄いたくなって」

川村は頷くと、この前と同じようにビールを注文する。恵は、ビールとつまみを用意しグラスを川村の手に渡す。

「ヨコハマロード、素敵だったわ」

恵は、ビールを注ぎながら言った。

「ありがとう」

川村は、恥ずかしそうに言葉を返す。

「ぜひ、聴かせて下さい」

恵は、思わず催促してしまった。いや、彼と話をしているだけで気持ちがときめいてしまう。

しばらくすると、気分がのってきたのか、

「唄わせてもらいます」

川村は、そう言って立ち上がった。

恵は彼の手をとりステージまで誘導すると、隅の方に身を寄せ、息を殺すようにそっと見つめる。

前奏が流れると、マイクを手に川村はこの前と同じようにやや低音気味で爽やかに、港の情景を切々と唄いだした。

恵は、瞬きもせずに聴き入る。汐の香り、水の輝き、霧笛の音が自分を幻想的な世界に引き込んでくれるような気さえした。

やがて、川村の唄が終わるとカウンターのママが拍手をした。ママも川村の唄に酔っている筈だ。

恵は唄い終わった川村の手をとるが、その指先は心なしか震えていた。興奮しているのだろう。いや、テーブルへ戻っても、まだその余韻から覚めない。

「恵ちゃん、中野さんお帰りよ」

ママの声に、恵は我に返る。そう言えば、中野とデュエットをする筈であった。

「あら、もう帰るの？」

恵は、戸惑い気味に中野に視線をやる。

「ちょっとね」

中野が曖昧に言葉を返し立ち上がるが、その仕草には不満が表れていた。恵が申し訳なさそうに中野を送りドアを出た時だ、

「何であの客だけ」

彼は、そう言い残して帰った。

恵はその言葉が気になったが、何事もなかったように川村のテーブルへ戻った。いろんな客がいるし、まして川村に不愉快な思いをさせたくなかった。

ところが、二時間程で川村が帰ろうとして恵に言った。

「さっきのお客さん、帰ってしまったけど」

「……」

「きっと、あなたと話をしたかったんでは？」

恵が無言でいると、川村は恐縮したように静かな口調で続けた。

「僕は目が見えませんが、雰囲気で判ります。やっぱり、あなたにご迷惑をかけてしまいました」

「……！」

川村にそう言われ、恵は愕然とした。彼の言うとおりであったからだ。目が不自由なのに、そこまで判ってしまうとは。

そう思うと同時に、川村が見せた細かい気配りに、恵は今までと違った別の世界を見るような衝撃を受けた。それは、他人に不信感を抱くことしかしらなかった恵が、初めて受けた優しさであったかもしれない。

「それでは、失礼します」

恵が呆気にとられていると、川村は手探りでドアを開け歩きだした。恵は言葉もなく、川村の後ろ姿をじっと見送っているだけであった。

（八）

中野が早く帰ったのを気にしていたあの日以降、川村は顔を見せなくなった。やはり、気をつかっているのであろう。

だが、恵の川村に対する仄かな思いは募る。彼に会えなければ、思いは日増しに強まるばかりだ。

その川村が、半月振りに店に顔を見せいつものようにボックス席に着くとビールを注文した。久し振りの再会に、恵の気持ちは高ぶる。

「どうしたのか、心配していたの」

彼女は、弾む気持ちを抑えるように言う。

「どうしようか迷っていました」

川村は遠慮気味だ。

「迷っていたの？」

「はい」

「どうして？」

「迷惑にならないかと思って」

「迷惑？」

「この前早く帰ったお客さんがいたけど」

川村が、申し訳なさそうに言う。

「あの夜……」

恵は、戸惑い気味に頷いた。やはり、中野が早く帰ったのを気にしていたようだ。

「そんな事気にしないで下さい」

恵はいたたまれなくなり、ためらう事なく思わず口走ってしまった。川村への募る気持ちがそうさせてしまったのだろう。

そんな恵を察したのか、川村の振る舞いもどことなくぎごちなかった。それでも、しばらく話をしていると気分が和らいできたとみえ『ヨコハマロード』を唄ってくれた。

彼が唄っている間、ステージの片隅で恵の視線は陶酔したように彼から離れない。心のどこかに芽生えていた彼に対する思いが、たまらなくかきたてられる。

彼の唄を聴いている間、恵は仕事でそこにいる事を忘れていた。そして唄が終わると、興奮した面持ちで彼の手をとり席へ戻る。

会えて嬉しい。

恵は、川村が来てくれた事を心の底から感謝した。

やがて川村が帰る支度をすると、ママが店を閉めるので一緒に送って行くように言った。こんな事は珍しいが、他に客がいないので仕方がなかったのだろう。

ママが助手席、川村が後部座席に座る。走り出して十分程でママを下ろし国道十六号線に出る。運転中の恵はほとんど話しかけないが、川村も無言だ。

しばらく走ると再び住宅街に入る。S私鉄駅近くにきたときだ、

「良かったら、寄って行きませんか？」

突然、川村が言った。

恵は予期しない彼の言葉にドキリとし、一瞬返答に詰まったが、

「構わないんですか？」

戸惑いながらもそう返事をした。客と個人的な付き合いは、堅く禁じられているが、そんな事はどうでもよく、嬉しかった。

「遠慮する事はありません」

川村が、さりげなく言う。

「それなら……」

恵も、その言葉に甘えた。

住宅街の路地裏に入り、二階建てのアパートの前で車を止めた。彼の部屋は、このアパートの一階だと言う。自宅の近くは膚で感じるのか、恵の手を借りるまでもなく自分で歩き、入り口に立つと上着のポケットから鍵を取り出しドアを開ける。

「どうぞ」

川村がそう言って中へ入り、恵も後に続く。川村は手探りで壁を撫でるようにしスイッチを入れる。ダイニングキッチンの明かりがつき、その隣が六帖の畳の部屋である。

「コーヒーを入れます」

川村の言葉に、恵が手伝おうとすると彼は拒んだ。恵は、畳の上に座る。整理ダンスにオーディオセット、それに低いところに本棚があり数冊の本が積んである。

間もなくして、川村が冷たいコーヒーをコップに入れてくれ、彼もそれを手に畳の上に足を伸ばす。

「あなたは、優しくて美しい女性なんでしょう」

川村が、コップを手にぽつりと言う。

恵は、彼の突然の言葉に返答に困った。

だが、彼は静かな口調で続けた。

「僕にはあなたが見えません。でもあなたの言葉づかいや、僕に接してくれる態度から優しくて美しい人だと思っています」

「……」

「僕は目が見えませんが、その分肌で判るんです」

川村はそう言ってコーヒーを飲む。恵も彼に合わせるようにコップを口にすると、冷たいコーヒーが幾らかの落ち着きをとり戻してくれる。

「私は精一杯やっているだけですの。でも川村さんにそう言ってもらえ、とても嬉しい」

恵は恥ずかしそうに言い、更に戸惑い気味に聞いた。

「川村さんは他人を信じますか？」

「……！」

恵の予期せぬ言葉に、今度は川村が返答に困ったようだ。だが、すぐにはっきりと言った。

「僕は信じます」

「本当に信じられますか？」

「はい。今までも信じてきましたし」

川村は、同じように繰り返した。

「私には、他人が信じられません」

「そうですか」

「はい」

「でも、どうしてそんな事を？」

川村は、興味深げに聞いた。

恵も、そう言われると返答に困った。特別な理由はなかったからだ。

「いつも思っていたからなの。信じられるものなんて何もないって」

恵はそう言いながら、こんな話をしたのは川村だけは信じているからなのかもしれないとも思った。

「そうですか。僕は全てを信じたい。いや信じてきました。こうしていられるのも他人を信じてこれたからだと思います」

川村は、それがごく当たり前のような口ぶりであった。

「何の疑いもなく信じられますか？」

「勿論です」

川村は、ためらう事なく言った。

私には出来ない。恵は、そう言いたかったがぐっとこらえた。

彼女は、父と金策に駆け回った山梨にいた頃を思い出した。他人なんて、誰も当てに出来ない。その時の思いが、頭から離れなかった。

そんな恵に、川村が妙にかしこまって言った。

「僕の言う事は、信じてもらいたい」

急に改まった様子に、恵は川村を見つめた。

「あなたが好きです」

「……！」

恵は川村の言葉に、心臓が破裂するのではと思う程の衝撃を受け動転した。

「僕の言う事も信じられませんか？」

「い、いえ」

恵は、慌てて言葉を返した。

「僕は目が見えません。でも初めてあなたに会った時から好きになりました」

川村の口調は落ち着いていた。

恵が、やっと口を開いたのはしばらくしてからだ。

「嬉しいっ」

彼女は、こらえ切れずに呟いた。

「本当ですか？」

「本当です」

「信じていいんですか？」

「信じて下さい」

恵は頷き、うっすらと頬を赤く染めた。

川村も、その言葉に恵の愛を意識したのか喋らなくなった。

二人の間に沈黙が続いた。

「恵さん」

川村が沈黙を破るかのように、手にしていたコップを置くと腕を伸ばした。恵は一瞬戸惑ったが、やがて同じようにコップを置き彼の手を握り締める。恵は川村の力強い腕で引き寄せられ、やがて彼の両腕に包まれる。恵は硬直したように動かない。

「好きだ」

川村が耳元で囁いた。

「私も……」

恵の呟きは声にならない。

「恵さんっ」

川村が、いきなり唇を求めた。激しく、むさぼるように。それが、彼の愛の証しででもあるかのように。

恵は拒まない。目を閉じるとなすがままにまかせ、その愛を一身に受け止めていた。

（九）

数日後の深夜、風呂から出た恵はチェリーを抱いたまま、川村に対する切ない思いで胸を痛める。唇を求めあっただけとはいえ、恵にとっては初体験であった。しかも、それが恵の川村に対する愛情を更に深め、日増しにその思いを強めた。他人への不信ばかりで、人を愛する事など無縁であった恵には、これまでの人生観をも覆す思いであった。

腕の中のチェリーが鳴き両眼が異様に輝く。思い詰めていた恵の気持ちが楽になり、夢を見ているような心地になる。

「好きなのね」

「好き」

恵は、口からこぼれるように呟く。

「やっぱり恋をしたのよ」

「……」

まるで、チェリーの鳴き声に誘われるように、恵はたまらず頷く。しかし、人を信じられなかった自分に、愛する事が出来るのか不安であった。

「怖いの」

恵が、ぽつりと言った。

「怖い？」

「そう」

「なぜなの？」

「自信がないの」

「自信がない？」

「そう、人を好きになるなんて初めてだから」

恵は、胸の内を正直に話した。

「そんな心配いらないわ。あなたは優しいのよ。だって捨て猫だった私を育ててくれているんですもの」

チェリーが、感謝を込めて言う。恵は無言だが、チェリーは構わず続けた。

「自信を持つの。そして思いっきり恋をすべきよ。後で悔いを残さないように」

それでも、恵は思い詰めたように黙っているだけだ。チェリーの言う事は判るが、不安は消えなかったからだ。

「今が大事よ。私達猫の仲間では明日の事なんか判らない。だからその時の一瞬を大切にするの。判るでしょう」

チェリーの口調は熱っぽかった。

「そうかもしれないわ……」

恵が、やっと頷いた。人間社会もたいして変わらないと思えたからだ。そして、チェリーの言うように今を大事にしたいとも思った。不安は拭いさらないが、せっかく得た川村との恋を大切にしたかった。

（十）

木曜の夜、十時過ぎ中野が店に顔を見せボックス席に着く。数人のカウンターの客はママに任せ、恵は中野の相手をする。彼はいつもの水割りではなく、焼酎にレモンを入れ早いピッチで飲み始めた。聞くところによると、新規の得意先との折衝でひどく疲れたとの事である。ストレスを発散させるには、焼酎がてっとり早かったのであろう。

十二時近くになりカウンターの客がいなくなっても中野は相変わらず飲み続けていた。閉店なので、ママと恵が心配して二、三度声をかけるがとり合おうとしない。諦めたように、二人は後片付けを始める。調理場の整理をし、帰り支度を済ませた恵が中野に目をやると、顔を伏せ眠ってしまっている。

「お店閉めますよっ」

恵は何度も体を揺り動かすが、彼はいっこうに起きる気配をみせない。

「恵ちゃん、送ってやってよ」

ママが諦めたように言う。

酔い潰れた客は、その都度起こし帰ってもらっているが、ママに言われあまり気が進まなかったものの、車を店の入り口につけると二人で中野を後部座席へ押し込めた。ママを途中で下ろし、中野の住所を聞くため車を道路の端に寄せ何度も声をかけるが、やはり起きる気配がない。まさか道路にほうり出す訳にもいかない。もはや、マンションへ連れていくしかない。途方にくれていた恵は、諦めて腹を決める。

深夜の国道を猛スピードで走り十五分程でマンションの駐車場へ着くと、恵は後部ドアを開け座席で眠る中野を無理やり起こし肩を貸しやっとの思いで部屋の入り口まで歩く。そして、ドアを開けると中野と共に崩れるようにその場に座り込む。いつもは、甘えるように近寄ってくるチェリーが、驚いて部屋の隅に身を寄せる。

恵は部屋へ上がるとベッドの脇に布団を敷き、中野を引きずり上げるように寝かせ上着とズボンを脱がす。ぐったり酔い潰れた中野の服を脱がすのは、手間がかかり大変だ。いい気なもので、本人は寝息をたてて眠ってしまっている。

男を自分の部屋に泊めるのは初めてだ。それだけに抵抗がない訳ではなかったが、馴染み客だしママに言われては仕方がない。目の前の男が中野ではなく川村だったら。そう思うと、ふと川村が恋しくなった。

今頃何をしているのだろう。

そんな思いに駆られながら、中野に布団をかけチェリーの世話を済ませ風呂へ入る。湯につかり風呂から出ると、いつものようにチェリーを抱きベッドに腰掛ける。窓越しの夜景に目をやると、ベイブリッジの遥か沖合の真っ暗な海に、小さく薄ぼんやりと船の灯が見える。その灯をじいっと見つめていると、川村への思いが募り切なくなる。

「好き……」

恵は、たまらず呟く。

その時、突然腕の中のチェリーが、いつもと違い驚いたように鳴く。

「ニャオーッ」

恵は、その鳴き声で我に返る。

だが、その次の瞬間恵は背後から両腕でベッドに引き倒された。チェリーは弾みで腕から抜け出す。

押さえ付けたのは、酒に酔い潰れている筈の中野であった。すぐに、恵も気がつく。初めのうちは冗談と思っていたが本気だ。

「やめてっ！」

恵は大声を出し必死で腕を払いのけようとしたが、女の力ではどうする事も出来ない。

「恵ちゃん、好きだっ」

もがく恵の鼻先に、酒臭い中野の顔が覆う。

「駄目、中野さんっ」

恵は、夢中で顔をそむける。だが、体を押さえつけられた恵は、熱く燃え上がった男の勢いを止める事はできなかった。

こらえきれなくなったように、中野は激しく恵の体を求めた。

恵は、中野のなすがままである。

ほんの一時であった。しかし、恵にとっては、あまりの衝撃であった。

全てが終わった後、恵は放心したように体を引きずり、中野の腕から抜け出すと乱れた衣服のままベッドに身を横たえた。

悔しかった。
情けなかった。
無理やり体を犯されてしまったのが、悔やまれてならなかった。
その夜、彼女は一睡も出来なかった。勿論、中野と言葉を交わす事もしない。
早朝、中野が黙って部屋を出て行ったが、恵はベッドから起きようとはしなかった。

（十一）

恵は日が経つにつれ、中野と一夜を過ごした事が悔やまれてならなかった。恵は中野を恨んだが、同時に自分をも責めた。たとえ、ママに言われたとしても中野を泊めるべきではなかったからだ。恵は自分の甘さを、今更ながら悔いるのであった。しかも、強引にとは言え肉体関係を結んでしまった事は、傷痕のように心に残って消えなかった。

中野は、あの日以後店に顔を見せない。もし、店に来ても彼とは出来るだけ避けるつもりだ。

しかし、中野との出来事を後悔する程に川村に対する思いが募った。川村の腕の中で抱き締めてもらいたい。そう思うと、いたたまれなくなる。

深夜、恵はチェリーを膝に、いつものように窓越しに目をやるがその視線は虚ろだ。気持ちを癒してくれる筈の夜景も、今の恵にはまるで無力である。

「ニャオー」

腕の中のチェリーが見かねて鳴く。

それでも、恵の視線は外を見つめたままだ。

「忘れるのよ」

チェリーが鳴く。その鳴き声に、やっと我に返る。

恵は無言だ。

彼女も、忘れたいと思った。だが、とても無理だ。

「誰にだって、悔いはあるものよ」

チェリーが慰めるように言うが、恵にはかえって心が痛むだけであった。

「生き物は完全ではないわ。私達猫だって人間だってそうだと思うの」

「……」

「あなたが悪いんじゃない。あなたは優しいから好意で泊めてやったのよ。この前も言ったわ。捨て猫だった私を育ててくれているんですもの」

恵は黙ったままだが、そう言われたのを覚えていた。でも、好きで飼っているだけで、自分が優しいとは思えなかった。

「私、猫が好きだし……」

恵は、それだけ言いかける。

彼女にしてみれば、猫が好きだし育てるのは当たり前だと思っていたのだ。

恵は、一呼吸おいてはっきり言った。

「私は優しいとは思わない」

すると、チェリーも負けずに言い返した。

「あなたは自分の優しさに気がついていないだけなのよ。あの夜の事は、私も部屋の隅で一部始終を見ていたわ。だから判るの。あなたの優しさに傷がついてしまったようなものよ」

「傷が！」

恵は、はっとした。まさに、思っていたとおりだからだ。しかも、その受けた心の傷は日毎に痛みを増し癒えてくれない。

「でも……」

恵は、そう言いかけて言葉を飲み込む。自分の甘さを嘆きたかったが、いろんな思いが込み上げてきてしまったのだ。

「忘れなさい」

チェリーが言う。まるで、恵の心の内を全て判っているようだ。

そのチェリーが、更に続けた。

「あなたが悪いんじゃない。だから忘れるのよ。そんなに自分を責めてどうするの」

チェリーの言葉は簡潔だ。

「忘れられるものなら……」

恵は呟いた。その呟く響きの先に、川村の面影が浮かび思いが募る。

チェリーが、素早くそんな恵の思いを察知する。

「全てを忘れ、恋をしたら」

「……」

「嫌なことは忘れ、好きな人のために生きるのよ」

チェリーが、はっきり言う。恵も、誘われるように頷く。川村が好きな事に迷いがなかったからだ。だが、どんなに川村を愛していようと中野と肉体関係を結んでしまった事実は振り払う事が出来ない。そう思うと、恵の気持ちは重く沈んだ。

（十二）

休日の午後、恵は買い物から戻るとチェリーとひとときを過ごす事にしている。ワンルームの部屋から外へ出すこともなく猫にとってはストレスが溜まるからだ。それだけに、休みのときは出来る限りチェリーと遊ぶようにしている。恵が拳ほどのゴムボールを転がすと、チェリーがじゃれるように追いかける。二、三十分繰り返していると結構疲れる。

恵は、一息つくようにチェリーを抱きベッドへ腰掛け手のひらで優しく背中を撫でる。体を動かし満足したのか、チェリーは腕の中で気持ち良さそうだ。しばらくすると、枕元の携帯電話が鳴る。恵はチェリーを抱いたまま手に取るが、川村の澄んだ声にドキリとする。

「あなたに、会いたくなって」

川村の思い詰めたような声である。

「私も……」

恵も、咄嗟に言葉を返した。

「それじゃあ、僕のところへ」

川村の声が、恵の心を刺激するが返事に戸惑う。

「どうしたんですか？」

「……」

「好きなんでしょ。行くのよ」

チェリーが、そっと促す。

「猫のなき声が？」

川村が、怪訝そうに聞く。

恵は、チェリーに目をやる。川村の胸に飛び込んでいきたい衝動に駆られ、恵は堪えきれなくなったように言った。

「行くわ。今すぐ」

恵は、すぐに川村のアパートへ向かった。車で二十分程で着く。

部屋へ入ると、二人はどちらからともなく体を寄せ合う。

川村が唇を求めてきた。恵は、それを受けると激しく吸った。そして、重なり合ったまま暖まったカーペットの上に身を横たえる。愛する二人が肉体を求め合うのに、何の迷いもなかった。

川村の体のぬくもりと心臓の鼓動が、恵の女の情念を燃え上がらせる。今まで我慢していた思いが、堰を切ったように流れ出す。

恵は、川村の思うままに身をゆだねる。やがて、息遣いもあらく彼の愛の証しが恵の体へ流れる。恵は目を閉じ、唯ひたすらその愛を受ける。

しばらく、二人は動こうともしない。

全てが終わりその余韻に浸る恵の目からとめどもなく涙が流れた。思い詰めていた川村との愛が確かめられた喜びからだ。

恵は、重くのしかかっていた中野との忌まわしい思いを、やっとふっ切れるような気がした。

（十三）

　三月も半ばを過ぎ、西の方から桜の便りが聞かれるようになると、店も幾らかの賑わいをみせるようになった。

　金曜日の夜、山口、村田、森川の三人が久し振りに顔を揃えた。管理職である彼等は不景気な程忙しいのか、このところ誰かが欠けるのが当たり前のようになっていた。

　ママが忙しなく支度をしていると、中年の男が入って来た。

「あら、珍しいっ！」

　恵が、驚いて声をかける。

　彼はこの半年近く顔を見せていなかったが、化学会社へ勤める田端という常連客であった
「田端さん、久し振りねえ」

　ママも、懐かしそうに見つめる。いや、山口、村田、森川の三人も一様に田端を冷やかす。

「田端さん、他にいいところがあるとみえ全然顔を見せなかったねえ」

「浮気しちゃ駄目だよ」

「ママが泣いていたから」

彼等の冷やかしを横目に、田端がカウンターに着くと恵はおしぼりを渡す。馴染み客に久し振りに会えるのは、恵も商売抜きで嬉しかった。

しばし、彼等は話が弾み、途中から唄がはいりだし三人が次々とマイクを握るが、田端だけはそれに加わらない。恵は、なぜか淋しそうな彼の表情が気になった。

その田端が、ぽつりと言った。

「ママと恵ちゃんの唄が聴きたいな」

彼は真っ先に唄うほうで、リクエストするのは珍しい。

「あら、田端さん唄わないの？」

ママがキョトンとする。

「田端さん、お願いします」

恵も、彼に唄うように勧める。

「いや、今日は勘弁してよ」

田端は首を振った。

「そんな事言わないで、久し振りに聴かせてもらいたいな」

森川も同調するが、彼は頑として断り続ける。

「それなら、私唄うわ」

ママはこれ以上勧めるのも気が引けたのか、カウンターの中でマイクを手にすると、得意の演歌をこぶしをきかせ唄いだした。男女の悲恋の歌で、情感が漂い男心をそそるのは流石である。

「うまいっ！」

「日本一っ！」

狭い店の中が、少しばかり興奮する。田端も嬉しそうだ。

ママの唄が終わると、再び三人の出番でデュエットも始まる。だが、田端はそれにも加わらず、ビールを飲みながら黙って聴いているだけである。

十一時過ぎまで、唄ったり飲んだりしていたかもしれない。彼等が帰り支度を始めた時、田端がぽつりと言った。

「俺、会社を辞めるんだ」

誰に言うのでもなく出た言葉に、皆驚いたように田端を見つめる。

「辞めるって？」

ママが心配そうに言葉を返す。

「不況で我々のような年配者は、会社のリストラの対象になってね」

田端が力なく言う。

「それで……」

森川も心配そうに言葉を挟む。

「会社そんなに悪いのね」

ママが声を細める。

「全然だめだね。それで希望退職に応じたわけよ」

田端の口調はやけ気味だ。

恵には、彼が歌も唄わずに淋しげにしていた事情が判った。一家の大黒柱が職を失うのは大変な事であるからだ。

「頑張れよっ」

誰とはなく言葉が出た。

「判ったよ」

田端は頷いたが、その表情に元気がない。どんなに励まされても、今の田端には空しいだけかもしれない。職を失うつらさは、その身にならなければ判らない筈だ。

恵は、ふと山梨で店が潰れた頃を思い出した。倒産で全てが壊され、まるで地獄のようであった。恵は、田端の失業とそれをだぶらせ胸が痛んだ。

「頑張って」

帰り際、最後にドアを出る田端に、恵はそう言葉をかけるのが精一杯であった。

（十四）

田端は、あの日以後顔を見せない。会社を辞めたのだから当然であろう。酒を飲んで唄っている場合じゃないからだ。

日曜日の午後、恵は川村のアパートへ向かった。たとえ少しの時間でも、一緒にいるだけで満たされた思いになれるからだ。好きになるってそんな事なのかもしれない。恵には生まれて初めての体験であった。

川村のアパートへ着くと、二人は互いの愛を確かめ合うように激しく求め合った。逞しい彼の腕の中で、恵はその愛を一身に受けられる喜びに浸っていた。

川村が恵を抱き締めたまま、耳元で囁くように言った。

「結婚したい」

恵が返答に戸惑っていると、彼は続けた。

「これからは、二人だよ」

その言葉に、恵は体中が熱くなった。

嬉しかった。不信感しか抱かなかった自分に、信じられる人が出来たことが。

愛する人のかけがえのない言葉に、込み上げてくる喜びを抑える事が出来なかった。恵は川村の胸に顔を埋めると、両腕で彼の体に力一杯しがみつき離さなかった。まるで、やっと手にした幸せを逃すまいとするように。

（十五）

中野が三カ月振りに店に顔を見せた。ドアを開けて彼が入って来た瞬間、恵は心臓が破裂する思いがした。あの夜以来であり、彼女にとって忌まわしい思い出である。

彼は何食わぬ顔をしてカウンターにつくが、恵の気持ちは落ち着かない。出来ることならここから抜け出したい思いだが、いつもと変わらぬ素振りで中野の隣に座る。

「どうしてたの？」

何も知らないママは、水割りとつまみを用意しながら聞く。

「いや、ちょっと忙しくて」

中野はばつが悪そうに言うが、あの時の事は忘れていない筈だ。

恵は終始黙ったまま二人のやりとりを耳にしているだけで、とても口を挟むどころではない。

「どこか良いところでも……」

ママが、探りを入れる。この暇な時期、ママにしてみれば気になるのであろう。

「本当に仕事が忙しくて」

中野はむきになる。

「それなら、久し振りにたくさん唄ってね」

その言葉にママが安心したように言うと、恵が無言でカラオケの本を用意するが中野は水割りを飲むだけで手にしようとはしない。いや、まだ恵に一言も話しかけてこない。勿論、恵も黙ったままだ。

「どうしたの二人とも?」

そんな様子に、ママが不審そうに聞く。恵は、気付かれたのではとドキリとする。その辺の勘は、商売柄鋭いからだ。

「何か唄ったら?」

恵は咄嗟に言うが、その口調は空々しい。

「そうよ、唄いなさいよ」

それに、ママも同調する。二人に言われ、その気になったのか中野は本を手にする。

だが、その時である。ドアが開き川村が入って来た。中野の視線が、彼をとらえ顔色が変わる。

恵は嫌な予感がしたが、それでもいつものように声をかけ立ち上がると、川村の手をとりテーブルへ案内した。恵は中野が気になったが、川村にビールとつまみを用意しながら内心ほっとする。

ところが、それが中野の機嫌を損ねた。

「俺は帰るっ！」

彼は、突然大声で怒鳴った。

ママが驚いて目を丸くするが、それ以上にびっくりしたのが恵である。彼女の顔が強ばった。川村も手にしていたグラスを、思わずテーブルへ戻す。

「どうしたの、中野さん？」

ママが呆気にとられたようにキョトンとするが、中野は無視したように立ち上がり勘定を済ませ足音も粗くドアへ向かった。

そして、外へ出ようとした時だ。

「店の中で大声で怒鳴り、他のお客さんに迷惑だと思いませんか？」

それまで黙っていた川村が、静かな口調で言った。

川村の予期せぬ言葉に、背を向けていた中野の足が止まり険しい表情で振り返った。

「余計な事を言ってもらいたくないな」

中野がひと呼吸おくと言い返した。

「余計な事じゃない。当たり前の事です」

川村の毅然とした態度だ。

「当たり前の事？」

「そうです。他にもお客さんがいる筈です。大きな声をだされたら失礼になります」

「そんな事判ってらあっ」

中野は大声で言い返し、更に続けた。

「恵ちゃんは俺の恋人なんだ。お前なんかにとやかく言われる筋合いはねえっ」

中野は冷静さを失い、つい口走ってしまった。

「恵さんの恋人っ！」

川村は、驚いたように絶句する。

「違いますっ」

恵がたまりかねて言い返した。中野の恋人だなんてとんでもない。恵には我慢出来なかった。

「私、中野さんの恋人ではありません」

恵は、念を押すように再度言い返した。

「恵ちゃん、それならなぜ俺を泊めたの？」

「中野さんを泊めた？」

「俺を泊めてくれたろう」

「いつですか？」

「恵ちゃん忘れたのか。あの晩俺と何があったのか覚えているだろう」

恵は、中野の言葉にドキリとした。だが、そんな事は一言たりとも口に出せない。

「何の事なのか、さっぱり判りません」

恵は、突っぱねた。

「何で俺を泊めたっ？」

中野は、なおも迫った。

「中野さんを泊めた覚えはありませんっ」

「あんたは嘘つきだっ」

「嘘なんかついてません」

「いい加減にしたら？」

カウンターの中から、ママが見かねて口を挟むと、二人はばつが悪そうに黙り込む。店の中に妙な沈黙が続くが、しばらくして川村が立ち上がると言った。

「帰ります」

恵はその声に我に返り、素早く彼の手をとりドアに向かう。中野は無言のまま、二人から視線をそらす。

ドアの外に出ると恵は、

「ごめんなさい」

そう言って、申し訳なさそうに頭を下げた。だが、川村はなんの反応も示さず黙ったまま歩き出した。

恵はそんな彼の様子に、いたたまれぬ思いで中に戻ると中野に言った。

「二度と来ないでくださいっ」

恵の口調はきつかった。

「来るもんかっ」

中野も負けずに言い捨て店を出ていった。

中野がいなくなると、恵は放心したようにカウンターへもたれかかった。

（十六）

前夜、ほとんど一睡も出来なかった恵は店を休んだ。どんなに疲れていても仕事には出ていたが、どうしても、店に行く気になれなかった。

昼間ベッドの上で動く事さえしなかった恵が、夜になると、やっと起きだしチェリーと簡単な食事を済ませる。そして食事が終わると、いつものようにチェリーを抱きベッドに腰を下ろし、無気力に視線を窓の外にやるが川村の事ばかりが浮かび夜景は目に入らない。

「電話をしてみたら？」

見かねたチェリーが鳴く。恵は、窓の外を見つめたままだ。

「悩んでいてもしょうがないわ」

チェリーが心配そうに言うが、恵は無言だ。

「信じてもらうのよ」

「……」

「あなたの気持ちを伝えるのよ」

チェリーが迫った。

「判ったわ……」

恵が、ぽつりと頷いた。川村を愛している事を信じてもらいたかったからだ。しかし、枕元にある携帯電話を手にしたものの番号を押すのをためらった。もし判ってもらえなかったらと思うと、恵の気持ちは鈍った。

「どうしたの?」

「怖いの」

「自信を持って」

チェリーが、いたたまれぬ様子で促す。その言葉に、恵もやっとボタンを押す。三度目のコールで、川村が出た。だが、彼の反応は冷たかった。

「あなたには失望しました」

それが、彼の口から出た最初の言葉だ。予期していたとは言え、恵には打ちのめされたような一撃であった。

「どうしてですか?」

恵は、夢中で聞き返した。

「あなたは、僕に隠していました」

「何も隠していません」

恵は、迷う事なく言った。だが、川村はその言葉を信じてはくれなかった。

「嘘です」

はっきりとした、彼の返事だ。

「それなら、何を隠していたと言うんですか？」

恵も必死だ。

「一番大切なものです」

「大切なもの？」

「そうです」

「……？」

恵は携帯電話を握り締めたまま、一瞬考え込んでいたが、

「大切なものって、何ですか？」

思い詰めたように、言葉を返した。頭の中は混乱していたが、信じてもらいたい思いで一杯であった。

「一番大切なもの。それはあなたの愛です。僕はあなただけを愛していました。あなたも僕だけを愛してくれているとばかり思っていました。でもそれは違っていたようです。それが判った時僕は裏切られたおもいでした。そしてあなたに失望し、あなたが信じられなくなりました」

川村は一息に喋りまくった。

恵は、電話を手に呆然としていた。川村だけを愛していたのに、信じてもらえないのが情けなかったからだ。

「私を信じてください」

恵は、いたたまれず涙声で訴えた。

「私は川村さんを愛してます。誰より川村さんが好きです」

恵は、何度も繰り返し言い続けた。だが、恵の熱い思いも、もはや川村には伝わらなかった。

「もう終わりました。最後に楽しく唄わせて頂いた事にお礼を言います。ありがとうございました」

お礼の言葉と共に電話は切れた。

悲しかった。自分の愛を信じてもらえなかったのが、悲しかった。恵の目から、止めどもなく涙が流れた。まるで、自分の愛を訴えるかのように。

（十七）

川村から交際を断られた恵は、その翌日も店を休み一日中ベッドの中でぼうっとして過ごした。もはや、働くどころではない。

浮かんでくるのは、川村の事ばかりである。やっと摑んだ幸せが、一瞬のうちに崩れ去ってしまったようで諦めきれない。恵の胸のうちは切り裂かれたように痛んだ。しかも、その傷が痛むほど川村への思いが募る。

何もする気がおきない。いや、生きる気力さえ湧いてこない。

死にたい。

恵は、ふとそんな衝動に襲われる。

すると、なぜか川村の『ヨコハマロード』を唄う声が耳元に聞こえてきた。あの澄んだ爽やかな声である。

港が見たい。

恵は無性にそんな思いに駆られ、いきなり跳び起きるとマンションを出て車を走らせた。ハンドルを握り夢中でアクセルを踏む。

高島町を抜け本町通りから大桟橋へ入り、国際客船ターミナルの前で車を止める。夜の十時過ぎのターミナルは明かりが消え人影もなく静かだ。恵はライトを消すと前方を見つめる。高層ビルや観覧車の明かりが鮮明で美しく、恵の目にはより感傷的にさえ映り、いたたまれぬ程の孤独感に襲われ死への衝動が更にかきたてられる。

不思議なもので、死に対する恐怖感もない。川村を失った傷痕がそんな思いにさせるのであろうか。研ぎ澄まされ異常に気持ちが高ぶる恵の脳裏に、激しく体を求めあった川村の体のぬくもりと死が交錯する。

「川村さんっ」

恵は、発作的に口走った。

そして、次の瞬間ギアをドライブに入れアクセルを踏む足に力を入れた。車が目の前の真っ暗な海に向かって突き進んだ。

その時だ。

フロントガラスの目の前に、体を弓なりに丸めた一匹の猫が飛び乗ってきた。恵は、慌ててブレーキを踏んだ。車は岸壁すれすれで急停車した。

こちらを見つめる猫の両眼が異様に輝いている。恵の視線が引き付けられるように猫を見つめたまま動かない。

「チェリーっ！」

恵は、思わず声をだした。

鋭い眼差しで見つめているのはチェリーだ。恵はハンドルを握り締めたまま茫然としてチェリーを見つめる。フロントガラスを挟み、どちらも互いに睨み合ったまま動こうとはしない。

夢を見ているようだ。興奮しているのか、頭の中が混乱し自分が何を考えているのかさえ判らない。それでもしばらくして、恵はドアを開けると夢遊病者のようにチェリーを抱き上げ車へ戻った。

「死んだら駄目っ」

座席に座ると、腕の中でチェリーが鳴いた。だが、恵は放心したように無言であった。チェリーも、それ以上言葉をかけようとはしなかった。そして、心配そうに恵を見つめているだけだ。恵はチェリーを腕に三十分近くそのままでいたかもしれない。微かに現実の世界に引き戻されたようだ。

「チェリー、どうしてここに?」

恵が、やっと口を開いた。だが、まだ夢心地である。

「あなたが出て行くとき、ドアをピタリと閉めなかったの」

「ドアを?」

「そう。どこへも出なかったあなたが、急に部屋を出たのでおかしいと思ったわ。それで急いで追いかけたのよ。あなたの事なら何でも判るわ。私はあなたに助けてもらったのよ。どんな事があっても、あなたを守らなければ」

チェリーは一気に喋った。恵は、少しずつ事情を理解する事が出来てきた。

「追いかけて来てくれたのね」

恵は、力なく言葉を返す。

「あなたを守るために」

「私を守るために……」

「そう」

「わざわざ、私を守るために……」

「勿論よ」

「そうなの。ありがとう」

恵は思わずチェリーの背中に頬を寄せた。その行為が有り難く嬉しかったのだ。

「悲しかったのね」

チェリーが慰めるようにぽつりと言った。

「悲しかった……」

恵は背中に頬をつけたまま頷いたが、気持ちが高ぶり目を閉じると絞り出すように続けた。

「死にたいくらい悲しかった」

恵の目から、こらえきれなくなったように涙が流れた。

悲しさをいやしてくれる訳ではないが、とめどもなく涙が溢れでる。

そんな恵にチェリーが言った。

「死んだら何もならないわ」

「……」

「生きるって強くなる事よ。あなたは生きるのよ。もっと強くならなければ」

チェリーは恵の心のうちを読み取るように更に続けた。

「人を信じて、前向きに生きるのよ。不信感ばかり抱いて後ろを向いていたら、前が何も見えないわ。人を信じる事も必要よ。人を信じる事で素晴らしい恋にも巡り会える筈だわ」

チェリーは必死に話した。その生き方が、恵の考え方と違うのを知っていたからだ。恵は、やはり無言だ。

「前を見つめる勇気を持って」

チェリーは、なおも迫った。恵にも、そんな熱意は伝わった。そして不思議な事に、なぜかチェリーと一緒ならどんな困難も乗り切れるような気がしてきた。

「チェリーありがとう。私、頑張る」

恵は、自分に言い聞かせるように頷いた。

あとがき

人は挫折しますと、自分の殻のなかに閉じこもり社会に対して排他的になりがちです。特に若い時の受験や就職の失敗、それに失恋などには大きく落ち込み挫折感もひとしおでしょう。本人にとって大変な屈辱です。しかし、それで人生が終わりだなんて思わないでください。挫折にくじけないでもらいたいのです。失敗は成功の基という諺もあります。挫折はバネになります。挫折を何度も味わった人は柔軟性に富み強くなります。大切なことはどんな時でも、前を向いて再び生きる勇気を持つことです。この本はそんな思いで書かせて頂きました。最後にこの本を出版させて頂くにあたり株式会社文芸社のご担当の方々、特に企画部の岡本憲治氏、編集部の若林孝文氏には大変お世話になりましたことを心よりお礼申し上げます。

著者

〈著者プロフィール〉
伝　一（でん・はじめ）
横浜市在住。

キャット&レディ

2000年5月1日　初版第1刷発行

著　者　伝《でん》　一《はじめ》
発行者　瓜谷綱延
発行所　株式会社 文芸社
〒112-0004　東京都文京区後楽2-23-12
電話　03-3814-1177（代表）
03-3814-2455（営業）
振替　00190-8-728265
印刷所　株式会社フクイン

ISBN4-8355-0198-5 C0093